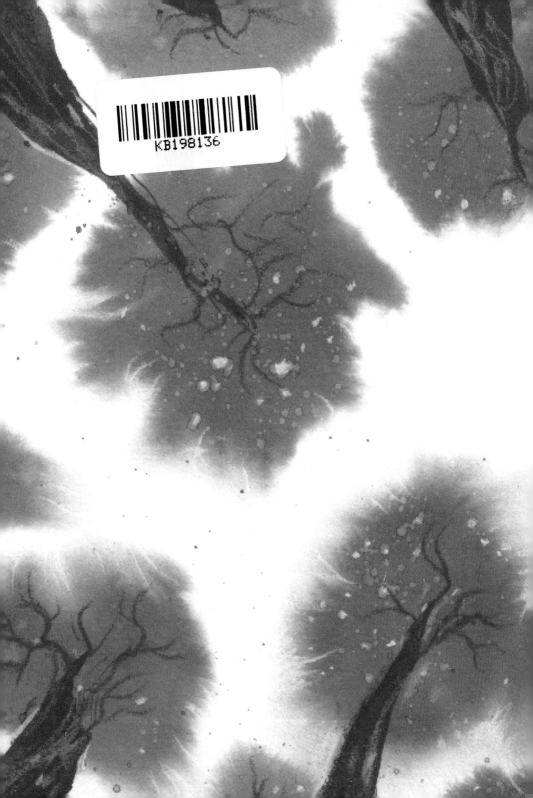

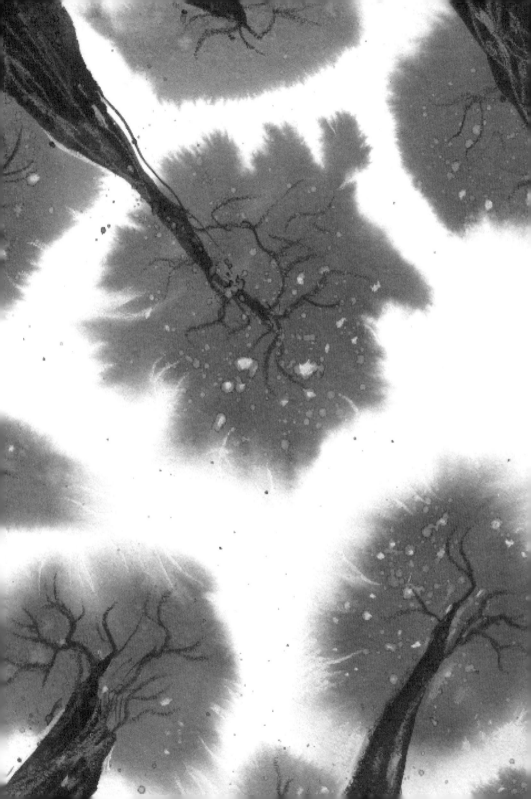

이 책을 사랑하는 어머니와 딸에게 바칩니다.

이 이야기는 사하라 사막을 횡단하다 만난 사막나비를 생각하며 지은 동화입니다.

투명 나비와
마법의 돌

이 책의 주인공 파디야입니다.
숲에 간 파디야는 자기가 가장 좋아하는
큰 나무 아래에서 책을 읽다가 잠이
들었습니다.

잠에서 깨어나니 어둑어둑해지고 있었습니다.
깜깜해지기 전에 집으로 돌아가려고 서둘렀으나
그만 길을 잃어버리고 말았습니다.

한참을 숲에서 길을 헤매고 있는데 저 앞 숨골에서
신비한 빛이 뿜어져 나오는 걸 발견하였습니다.

'이 빛은 어디서 나오는 거지?
한 번도 본 적 없는 빛이야.'

빛에 이끌린 파디야가 좀 더 가까이 다가가자 숨골에서 갑자기 나타난 강력한 회오리바람이 소녀를 확 끌어당겼습니다. 소녀는 저항도 못 하고 순식간에 숨골 속으로 빨려 들어갔습니다.

얼마나 흘렀을까...

정신을 차리고 주위를 살펴보니
아까와는 전혀 다른 낯선 숲이었습니다.

길을 찾기는커녕 영영 집으로 돌아갈 수 없을지도 모른다는 생각에 주저앉아 울고 말았습니다. 엉엉 울고 있는 파디야 앞에 예쁜 나비 한 마리가 나타나 따라오라고 손짓했습니다.

　　꼬마는 홀린 듯 나비를 따라가다가 험악해 보이는 병
정개미 앞에 멈췄습니다. 병정개미는 옥수수처럼 생긴
높은 성을 지키고 있었습니다.

"여기는 개미 왕국이다, 사람은 절대 들어갈 수 없다."

사람은 들어갈 수 없다는 말에 파디야는 호기심이 생겼습니다.

눈이 나쁜 병정개미를 따돌리기 위해 라벤더로 사람 냄새를 숨기고 성으로 들어갔습니다. 그리고 한쪽 구석 계단으로 재빠르게 몸을 숨겼습니다. 계단은 무려 99층 이나 되었습니다. 계단을 따라 올라가다 일개미를 만났 습니다.

"너는 누구니?"

"나는 파디야라고 해. 나비를 따라가다 우연히 이곳에 들어오게 되었어."

"나는 일개미 쉼표야. 만나서 반가워."

쉼표는 처음 만난 파디야를 경계하지 않고 개미 왕국에 대해 친절하게 설명해 주었습니다.

"여기는 개미들이 여왕님의 옷감을 짜는 곳이고 저기 는 여왕님이 알을 놓는 곳이야."

개미 왕국을 신기해하면서 유심히 관찰하는 파디야에
게 마지막으로 운명의 책이 있는 도서관을 소개해 주었습
니다. 저 멀리 반짝반짝 빛나는 책 한 권이 눈에 들어왔습
니다. 파디야의 손이 책에 가까이 다가가자 책이 말했습
니다.

"소녀야, 집에 가고 싶지? 집으로 가려면 투명 나비를
찾아. 마음의 새장에 갇힌 새를 풀어주면 너를 그곳으로
데려가 줄 거야."

쉼표는 지혜로운 할아버
지 개미를 떠올렸습니다.

"지혜로운 할아버지는 새
를 풀어주는 방법을 아실 거
야. 같이 가보자."

지혜로운 할아버지 개미는 마치 우리를 기다렸다는 듯이 이렇게 말했습니다.

"안녕, 꼬마야. 마음의 소리에 귀를 기울이렴. 그럼 새가 무슨 말을 하는지 들릴 거야. 그 말을 알아듣는 순간 새장 문은 열린단다."

파디야는 할아버지가 말한 대로 새가 하는 말을 들으려고 노력하였지만 들리지 않았습니다. 그렇게 여러 날을 계속 시도했습니다.

그러던 어느 날 새벽, 잠결에 갑자기 새가 하는 말이 들리기 시작했습니다.

"내일 두 개의 해가 뜨는 숲으로 떠나.
거기서 투명 나비를 찾아."

깜짝 놀라 벌떡 일어나 눈을 떠보니 햇살처럼 빛나
는 예쁜 새가 파디야를 지켜보고 있었습니다.

그동안 많은 도움을 준 쉼표와 작별 인사를 하는 것은 슬픈 일이었어요.

"투명 나비를 찾게 되면 반드시 나를 만나러 와야 해."

파디야는 알겠다고 고개를 끄덕이며 작은 쥐구멍을 통해 숲을 빠져나왔습니다.

새를 따라 한참을 걷다 보니 어디선가 노랫소리가 들려왔습니다. 아름다운 소리에 이끌려 걸음을 재촉했습니다.

"호수에 얼굴을 씻어라. 부끄러움에 떨게 만드는 비밀을 떠나보내지 않으면 아무도 이 숲에 들어갈 수 없어."

호숫가에 핀 청초한 수선화가 부르는 노래였습니다.

꼬마는 수선화의 노랫말대로 세수를 했습니다. 한 번 두 번 얼굴을 씻자 마음속의 걱정, 두려움, 부끄러움 같은 것들이 모두 사라졌습니다.

"꼬마야, 너는 있는 그대로의 네 모습을 사랑하게 되었구나. 아름다운 네가 마음에 들어. 나와 함께 여기서 살자."

"미안해. 수선화야. 난 투명 나비를 만나러 가야 해."

"그래? 아쉽지만 어쩔 수 없지. 꼭 투명 나비를 만나길 바랄게. 나의 노랑 꽃잎을 선물로 줄 테니 가져가. 네가 어려운 일이 있을 때 도움이 될지도 몰라. 그림자 부대를 찾아가면 어디로 가야 하는지 알려줄 거야."

수선화와 작별 인사를 하고 파디야는 새와 함께 길을
떠났습니다.

어둑어둑해질 무렵 두 개의 갈림길에 도착했습니다.

"우리는 쌍둥이 길, 하나는 빛이고 하나는 어둠이지. 꼬마야 어디로 가고 싶니?"

"난 그림자 부대를 찾고 있어. 어디로 가면 되는지 알려줄래?"

"글쎄. 그건 우리도 잘 몰라. 잘 모를 땐 둘 다 직접 가 보는 게 좋지 않을까?"

파디야는 먼저 왼쪽 길의 안내를 받아 왼쪽 마을로 갔습니다.

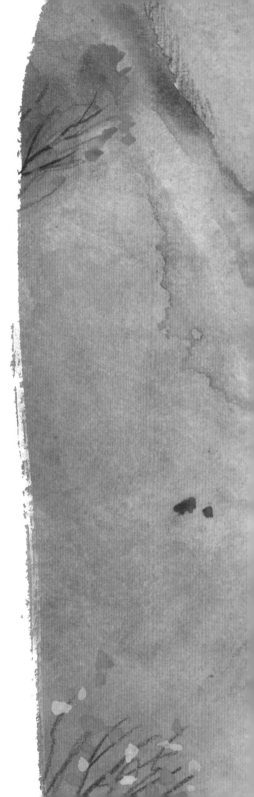

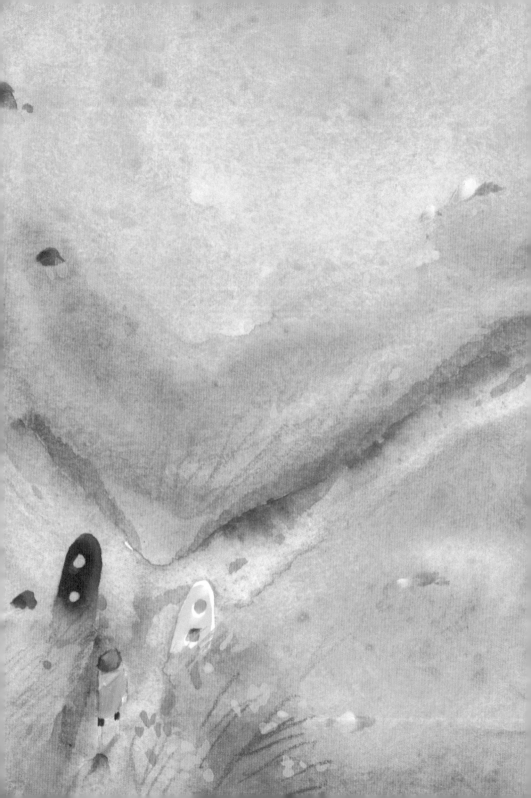

회색빛 건물, 회색 나무와 꽃, 회색 표정의 사람들과 개를 지나 회색빛이 감도는 레스토랑으로 들어갔습니다. 배가 몹시 고팠거든요. 거기서 건강 비타민이 가득 함유된 진흙 주스와 벌레 빵을 허겁지겁 먹고 있으니 허름한 옷을 입은 소년이 다가왔습니다.

"너무 배고파. 나도 과자 좀 줘."

파디야가 나눠 준 과자를 순식간에 입에 넣고 소년은 파디야의 얼굴을 자세히 살펴보았습니다.

"넌 여기 사는 애가 아니구나. 여긴 사람들이 잘생긴 얼굴, 화려한 집 그리고 멋진 차를 갖고 싶어 하는 왼쪽 마을이야. 나같이 가난한 고아는 사람들이 별로 좋아하지 않아. 그래서 난 지하에 숨어 살아."

파디야는 외로워 보이는 소년이 안쓰러웠습니다.

"나랑 같이 오른쪽 마을로 가지 않을래? 아무리 봐도 그림자 부대는 차가운 왼쪽 마을에는 없을 것 같아."
"아니야. 난 여기 있는 게 익숙하고 편해. 하지만 넌 여기 살면 행복하지 않을 거야. 행복해지는 방법은 각자 다른 거니까."

회색 도시에 소년을 혼자 두고 가려니 발걸음이 쉽게 떨어지지 않았지만, 소년과 작별 인사를 나누고 파디야는 어두워지기 전에 오른쪽 마을을 향해 떠났습니다.

"혹시 네가 이 마을을 떠나고 싶은 생각이 들면 꼭 나를
찾아와."

오른쪽 마을은 왼쪽 마을과 분위기가 완전히 달랐습니다. 왼쪽 마을에서는 여름인데도 불구하고 왠지 모르게 한기가 느껴졌는데 오른쪽 마을에 들어서자 따뜻한 기운이 감돌았습니다. 생전 처음 보는 먹음직스러운 과일들과 고소한 냄새가 나는 빵과 사탕들이 나무에 주렁주렁 매달려 있었습니다. 탐스럽게 생긴 오렌지가 있어 한입 베어 물자 그동안의 피로가 싹 가시는 것 같았습니다.

한참을 걸어가자 저 멀리 반짝반짝 빛나는 강이 나왔습니다. 그 옆에 자세히 보니 엄청나게 큰 나무와 청동으로 이루어진 저울이 있고 그 위를 오르락내리락하며 그림자 부대가 훈련을 받고 있었습니다.

하나둘 하나둘
구령 붙여
일동 차렷!!!

사령관의 호루라기 소리에 맞춰 그림자 군인들이 일사불란하게 움직이는 모습은 장관이었습니다. 이 광경을 넋을 잃고 바라보던 파디야에게 조교가 소리쳤습니다.
"거기 누구야?"
"안녕하세요. 저는 투명 나비를 찾고 있는 파디야입니다. 노래 부르는 수선화가 그림자 부대를 찾아가 보라고 했어요."

"투명 나비를 찾는다고? 숲의 돌 8개를 모아야 투명 나비를 찾을 수 있다. 내가 내는 문제를 맞히면 돌 하나를 주마."

"정말요? 문제를 주세요."
"빛과 어둠 중 누가 형이고 누가 동생인지 알아맞혀 보아라."

파디야는 순간 쌍둥이 길이 떠올랐습니다.

"빛과 어둠은 쌍둥이예요."

그림자 부대는 파디야가 정답을 맞히자 기분이 좋아서 허리로 둥글게 원을 그리며 춤을 추며 노래를 불렀습니다.

"원을 돌아요, 원을 돌아요, 회오리바람처럼 어둡다고 항상 어두운 것도 아니고 밝다고 항상 밝은 것도 아니니 빛과 어둠의 눈금은 어디에 내 안에 빛과 어둠을 모두 받아들일 위대한 용기가 있는 자만이 진정으로 자신과 타인을 사랑할 수 있다네."

사령관은 파디야에게 작은 저울이 새겨진 빛과 어둠의 돌을 선물로 주었습니다. 해가 저물자 그림자들은 어디론가 사라져 버렸고 갑자기 비가 내리기 시작했습니다.

비를 피하기 위해 새와 함께 동굴에 들어가려다 그만 구덩이에 빠져 버렸습니다. 그때 파디야 앞에 안경 쓴 박쥐가 나타났습니다.

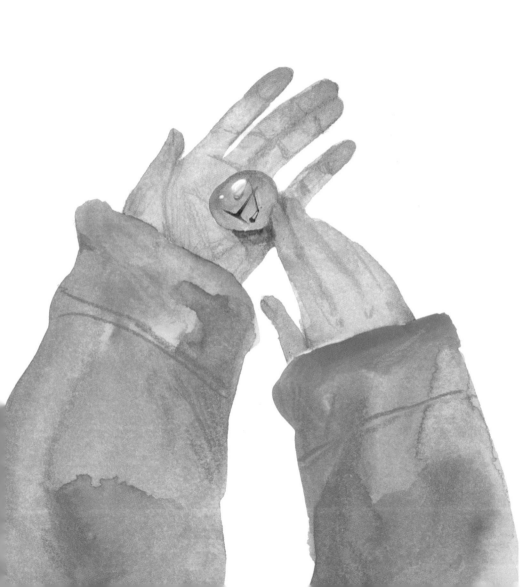

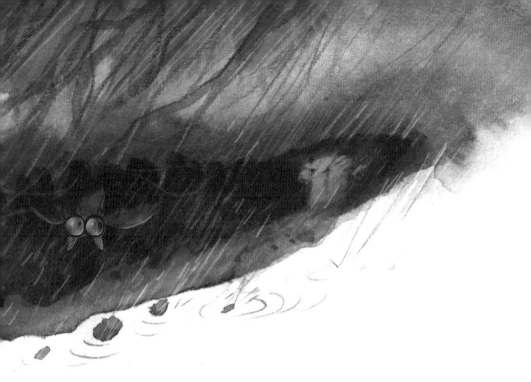

"용기를 내. 꼬마야. 과거도 미래도 중요하지 않아. 어려움에 부딪혔을 땐 바로 지금, 이 순간에 집중해야 해."

파디야는 정신을 차리고 박쥐가 말한 대로 어떻게 하면 여길 빠져나갈까에 집중하기로 했습니다.

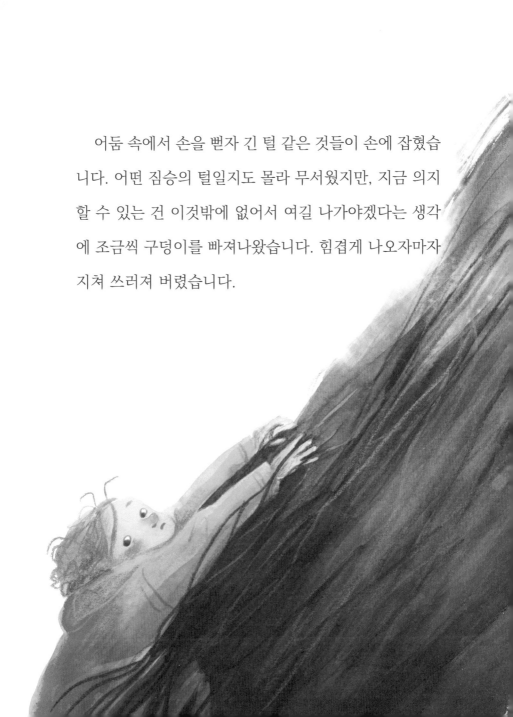

어둠 속에서 손을 뻗자 긴 털 같은 것들이 손에 잡혔습
니다. 어떤 짐승의 털일지도 몰라 무서웠지만, 지금 의지
할 수 있는 건 이것밖에 없어서 여길 나가야겠다는 생각
에 조금씩 구덩이를 빠져나왔습니다. 힘겹게 나오자마자
지쳐 쓰러져 버렸습니다.

아침이 되자 동굴 바깥은 간밤에 내린 비로 말끔히 씻겨 눈부시게 빛나고 있었습니다.

정신을 차린 파디야가 새와 함께 길을 떠나려 하자 어제 동굴 속에서 만났던 박쥐가 나타났습니다.

"순간의 돌을 찾으러 가려고?"

"박쥐야, 그게 무슨 말이야? 순간의 돌?"

"네가 말하지 않아도 나는 다 알 수 있어. 이 오솔길을 따라가면 망각의 강이 나오는데 움직이는 징검다리를 건너야 해. 그럼 돌을 찾을 수 있을 거야. 한 가지만 명심해. 징검다리를 건너가려면 다른 데 정신을 빼앗기지 말고 집중해야 해. 잠시라도 다른 데 정신을 파는 순간 바로 강에 빠지게 될 거야."

"강에 빠지면 어떻게 되는데?"

"망각의 강에 빠지면 영혼을 잃게 돼, 평생. 네가 여기 온 목적도, 심지어 여기에 왔었다는 사실조차 잊은 채 떠돌게 되지. 아주 무서운 일이야."

"정신을 집중할 수 있는 좋은 방법을 알려줄래?"

"생각을 멈춰야 해. 호흡이 중요한데 집중해서 숨 쉬어야 순간의 돌에 닿을 수 있어. 한 걸음 한 걸음 걷다 보면 돌이 너를 인도할 거야. 그 순간 새로운 길이 열리는 거지. 어제저녁 구덩이에서 올라왔던 경험을 잊지 마. 행운을 빌어. 내 역할은 여기까지야. 안녕."

박쥐의 말을 떠올리며 호흡과 돌의 움직임에 집중하면서 움직이는 징검다리를 무사히 건너갔습니다.

길 끝에는 빨간 비옷을 입고 장화를 신은 볼이 빨간 꼬마가 비눗방울 놀이를 하고 있었습니다.

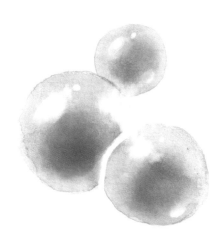

"언니 나랑 비눗방울 놀이해요."

파디야는 귀여운 꼬마와 함께 비눗방울을 터트리며 놀았습니다. 그 순간만큼은 숲의 돌도, 투명 나비도 모두 잊고 신나게 비눗방울 놀이에만 집중했습니다. 한참을 그렇게 놀고 나서 꼬마는 커다란 비눗방울에 들어가더니 파디야에게도 타라고 손가락으로 옆에 있는 방울을 가리켰습니다. 파디야가 방울에 올라타자 두 개의 큰 방울이 하늘로 두둥실 날아 구름까지 올라갔습니다.

　두 아이가 구름 사이를 여행하는 동안 구름이 노래를 불렀습니다.

　"행복은 선택하는 자의 것. 꼬마와 함께 순간순간 사라지는 비눗방울을 터트리는 것이 비밀을 아는 자 하늘로 날아오르리."

한참 동안 구름 사이를 떠다니다가 포근해 보이는 풀밭에 비눗방울은 살포시 내려앉았습니다. 함께 놀던 꼬마는 보이지 않았습니다.

파디야의 손에는 순간의 돌이 빛나고 있었습니다.

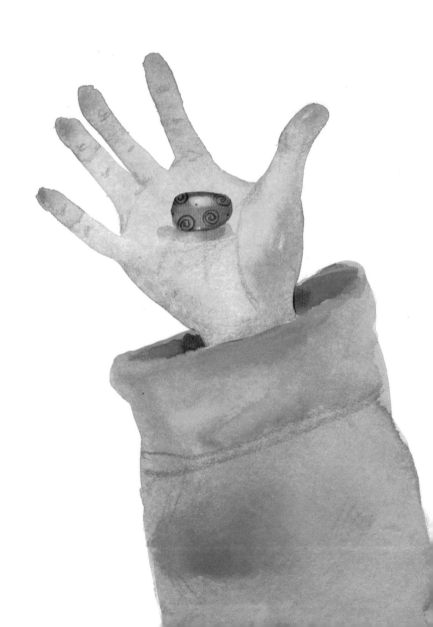

깜짝 놀란 파디야가 순간의 돌을 꼭 쥐고 주위를 둘러보자 저 멀리 아름다운 정원이 눈에 들어왔습니다. 아름드리나무와 수많은 종류의 꽃과 식물들로 기분까지 황홀해지는 곳이었습니다.

"사랑의 돌을 찾으러 왔니?"

고운 목소리를 향해 파디야가 돌아보니 그림책에서 나온 것 같은 아름다운 공주님이 서 있었습니다.

"난 꽃의 요정이란다. 사람들을 사랑에 빠지게 하는 꽃의 영혼을 관리하고 있지. 나를 도와 영혼을 추출하는 것을 좀 도와주렴. 요즘 세상에 미움이 너무 많아서 내가 아주 바쁘단다. 세상이 무너지지 않게 하려면 꽃의 영혼이 더 많이 필요하거든."

파디야는 요정님을 도와 커다란 솥에 세상에 피어나는 모든 꽃을 담았습니다. 그리고 돼지비계를 넣어 함께 보글보글 끓여 향기를 추출하는 것도 옆에서 함께했습니다. 꽃의 종류가 얼마나 많은지 헤아릴 수조차 없었습니다. 세상의 모든 꽃향기를 맡으며 황홀한 기분에 빠져 세상이 사랑스럽게 보이기 시작했습니다.

그때 요정은 소매에서 둥근 구슬을 꺼내 주문을 외우기 시작했습니다.

아브라카다브라 아브라카다브라

"오늘 죽은 사람들의 사랑과 헌신

여기에 다 모여라.

그대들의 귀한 마음 꽃의 영혼 되어

여기에 다 모여라.

지혜로운 자들이 알고 있는 단 한 가지 비밀

죽어서 남는 건 그대들이

세상에 뿌린

조건 없는 사랑의 꽃송이가

꽃줄이 되어

그대를 천국으로

인도하네."

"고맙다, 꼬마야. 영혼 추출이 잘 마무리되었으니 너에게 사랑의 돌을 나누어 주마. 대신 네가 투명 나비를 만나게 되면 꼭 다시 돌아와 내 심장에 사랑을 심어준다고 약속해 줄 수 있겠니?"

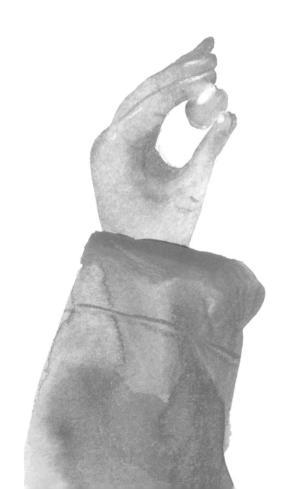

요정이 길고 가느다란 손가락 끝으로 살짝 파디야의 심장을 건드렸습니다. 그 순간 소녀의 심장이 태양처럼 눈부시게 빛나기 시작했습니다. 파디야는 그때까지 한 번도 느껴보지 못한 사랑의 환희와 아픔을 동시에 느끼느라 녹초가 되어 그대로 깊은 잠에 빠졌습니다.

얼마나 시간이 흘렀을까? 파디야가 깊은 사랑의 잠에서 깨어났을 때 더는 요정의 품이 아니었습니다.

"여기가 어디지?"

"안녕. 꼬마야. 네 심장이 빛나는 것을 보니 꽃의 요정을 만났나 보구나. 만나서 반갑다. 난 이 숲의 터줏대감 거북 영감이야."

"안녕하세요. 전 파디야라고 해요. 투명 나비를 만나기 위해 숲의 돌을 찾고 있어요."

"할아버진 여기서 뭐 하고 계셨어요?"

"나? 그림 감상하고 있었지."

"그림이요?"

"마음의 눈으로 보는 그림이라 나만 볼 수 있어. 마음을 고요히 하고 먼 산을 보거나 눈을 감으면 여행에서 만나고 경험했던 장면들이 떠오른단다. 나처럼 나이가 들면 점점 더 그림을 감상하는 시간이 늘어나지."

"할아버지는 여행을 많이 다니셨어요?"

거북 영감은 느린 걸음으로 세계 일주를 두 바퀴 반이나 했다고 말했습니다. 걸음걸이만큼이나 목소리도 느려서 파디야는 자꾸만 감기는 눈을 부릅떠야 했습니다.

"처음 세계여행을 한다고 했을 때 모두 비웃었지. 이렇게 짧은 다리로 느릿느릿 걸어서 세계여행은커녕 이 숲도 한 바퀴 돌기 힘들 거라고 말했어. 하지만 나는 오천 년을 살았고 세계를 두 바퀴 반이나 돌았단다. 불가능하다고 말하던 친구들은 벌써 옛날에 하늘나라로 갔지. 하긴 내가 오천 년이나 살지 누가 알았겠니. 나도 몰랐으니까. 그냥 세계가 보고 싶었고 앞에 놓인 한걸음 한걸음에 집중하며 여행을 계속했어. 그게 다야."

"우와. 정말 대단해요. 할아버지야말로 어려움을 극복하고 꿈을 이룬 분이시군요."

"여행하면서 큰 어려움은 없었단다. 빨리 지나가면 느끼지 못했을 아주 작은 즐거움까지 하나하나 보고 들으면서 여행했지. 걸음이 느려서 힘들다고 생각한 건 나를 보는 다른 이들이었어. 우쭐거리는 마음으로 조롱하는 친구도 있었고 진심으로 나를 사랑하는 마음에서 걱정해 준 친구들도 있었단다. 여행이란 말이다. 결국 내가 뭘 잘할 수 있는지 알게 되는 거란다."

파디야는 거북 영감의 이야기에 깊은 감명을 받았습니다. 오랜 시간 긴 여행으로 부르트고 거칠어진 그의 발이 거룩해 보이기까지 했습니다. 파디야는 누가 뭐라고 해도, 어떤 어려움이 닥쳐도 꿈을 포기하지 않겠다고 다시 한번 다짐했습니다.

"아! 졸리다. 난 이제 그만 쉬러 가야겠다. 잘 가라. 꼬마야."
"할아버지, 혹시 제가 어디로 가야 하는지 아세요?"

"길은 네 마음의 새가 알려줄 거야. 걱정하지 말아라. 나의 길도 내 새가 알려 주었단다. 혹시 문제 내는 나무를 만나거든 절대 보이는 게 다가 아니라는 사실을 명심하거라."

거북 할아버지와 작별한 후 파디야는 새를 따라 또 한참을 걸어갔습니다. 그런데 어디선가 웃음소리가 들려왔습니다.

"까르르... 까르르..."

놀란 파디야가 주위를 둘러보자 생전 처음 보는 나무 두 그루가 파디야를 보고 웃고 있었습니다. 한 그루는 가늘지만 끝도 없이 하늘로 높이 뻗어 있었고, 잎이 조금 달려 있었습니다. 다른 한 그루는 키가 파디야만큼 작지만, 둥치가 어른이 두 팔을 벌려도 못 안을 정도로 아주 굵었으며 가지에는 처음 보는 열매가 달려 있었습니다.

"우리 둘 중 누가 더 나이가 많은지 맞히면 성장의 돌을 줄게."

골똘히 생각하던 파디야가 머뭇거리자 키가 큰 나무가 얼른 대답하라며 재촉했습니다. 그러자 키가 작은 나무가 빙그레 웃으며 키가 큰 나무를 말렸습니다.

"꼬마에게 생각할 시간을 주자. 속도는 스스로 정하는 게 숲의 법칙이라는 거 너도 잘 알잖아."

그 순간 파디야는 키가 작은 나무에서 어릴 때 할머니 품에서 느꼈던 포근함과 지혜로움을 느꼈습니다. 꼬마는 대답 대신 키가 작은 나무에 다가가 둥치를 꼭 안았습니다. 키가 작은 나무도 거칠거칠한 나뭇가지 팔을 들어 손녀딸을 안 듯 파디야를 안고 토닥여 주었습니다.

"꼬마야 모두 태어날 때부터 각자의 자라나는 속도가 정해져 있단다. 나는 아주 아주 느리게 조금씩 자라서 어릴 땐 조금 슬프기도 했어. 친구들보다 뒤처지는 것 같아서. 하지만 내 속도가 다른 친구들의 속도와 다르다는 걸 깨닫게 된 순간부터 마음이 편안해졌지. 그리고 매일매일 아주 조금씩이라도 자라려고 노력하며 살았단다. 그러다 보니 이렇게 둥치가 큰 나무가 되었지. 숲의 아이들이 나에게 와서 열매를 따 먹고 행복해하는 것을 보는 것이 너무 좋단다. 너도 하나 먹어보렴."

파디야는 키가 작은 나무가 내미는 열매를 한 입 베어

물었습니다. 달콤하면서도 새콤하고 약간 쓰면서도 고소하고 짭짤한 맛이 과일 같기도 하고 아주 맛있는 초콜릿 같기도 한 황홀한 세월의 맛이었습니다.

"옳은 답을 선택했구나, 꼬마야. 네가 먹은 과일의 씨앗이 성장의 돌이다. 세상의 모든 생명은 비슷할 순 있어도 같을 순 없단다. 거북이는 거북이대로 토끼는 토끼대로 조급해하지 말고 너답게 너의 속도대로 가다 보면 네가 원하는 걸 얻게 될 거야. 다른 이에게 이해받지 못한다는 느낌이 들고 외로울 때도 있을 거야. 하지만 그들을 이해하지 못하는 건 너도 마찬가지란다. 꽃이 새를 이해하지 못하고 물고기가 사자를 이해하지 못하는 것처럼. 중요한 건 너만이 믿음을 잃지 않고 너답게 살아갈 용기를 가지면 돼. 행운을 빈다."

기분이 좋은 파디야는 상쾌한 숲속 오솔길을 경쾌한 걸음으로 성큼성큼 걸었습니다. 파디야가 걸을 때마다 주머니에 든 돌이 찰랑찰랑 부딪히는 소리가 났습니다. 그 소리가 마치 자신의 꿈을 향한 축복의 음악 같았습니다. 돌이 늘어날수록 멀리서도 소녀가 지나가는 것을 알 수 있을 만큼 파디야 몸에서 나오는 빛도 강해졌습니다. 마음의 새는

힘차게 앞서 날았습니다. 그때 어디선가 누군가의 한숨 소
리가 들렸습니다.

"제발 여기서 나를 꺼내 주세요! 누구 없어요?"

작은 분홍 토끼 한 마리가 깊은 구덩이에 빠져 꼼짝도 못 하고 있었습니다. 토끼는 소녀를 보자 화색이 돌며 간청했습니다.

"제발 나 좀 꺼내 줘."

파디야는 주변에서 굵은 나뭇가지 하나를 찾아 내밀어 토끼를 꺼내 주었습니다.

"후유, 살았다. 고마워. 숲에서 못 보던 얼굴인데? 넌 어디서 왔어?"

"응. 난 파디야라고 해. 투명 나비를 만나기 위해 숲의 돌을 찾고 있어."

"숲의 돌이라고? 한 군데 아는 곳이 있는데, 같이 가볼래?"

"그래? 좋아!"

"나만 믿어. 먼저 부러진 발을 고쳐야 하는데 숲의 의사 할머니에게 좀 데려다줄래?"

"발을 다쳤구나. 내가 업어서 데려다줄게. 길을 알려줘."

토끼는 이제야 살았다는 듯이 안도하며 파디야에게 업혔습니다. 작은 토끼임에도 불구하고 무거워서 파디야는 후들거리는 다리를 겨우 일으켜 세웠습니다. 숲길을 한참 걸어가자 오두막 한 채가 모습을 드러냈습니다.

"여기가 숲의 의사 할머니가 계신 오두막이야. 네 덕분에 살았어. 고마워. 치료받을 동안 여기서 좀 기다려 줘."

토끼는 아픈 다리를 질질 끌며 오두막 안으로 들어갔습니다. 토끼를 기다리는 동안 파디야는 오두막 주변을 둘러보았습니다. 양지바른 곳에 자리 잡은 오두막 옆에는 우물이 있었고 뒤뜰은 숲으로 연결되어 있었습니다. 숲에는 버섯과 약초가 지천으로 깔려 있었고 군데군데 해먹이 설치되어 있었습니다. 우물에서 시원한 물을 길어 마시니 토끼를 업고 오느라 쌓였던 피로가 사라졌습니다.

눈앞에 펼쳐진 신기한 광경에 깜짝 놀라고 말았습니다.

빨랫줄에 빨래가 아닌 붉은 것들이 걸려 있었습니다. 가까이 다가가 들여다보니 여러 개의 심장과 폐였습니다. 몸 밖으로 나온 심장과 폐를 처음 본 거라 놀랐지만 호기심에 조금 더 가까이 다가가 자세히 들여다보니 아직도 펄떡펄떡

뛰고 있어서 기절할 뻔했습니다.

"놀라지 마라. 상처받은 마음을 따뜻한 마음의 햇볕에 말려 치료하는 중이란다. 숲 세계의 치료법이지."

뒤돌아보니 머리는 온통 백발이지만 얼굴은 환하게 빛나서 아이인지 어른인지 구별되지 않는 할머니가 나무 둥치를 깎아 만든 탁자에 앉아 차를 마시고 계셨습니다.

“안녕, 난 숲의 의사 마리란다. 위기에 빠진 토기를 구해 줬다고 하더구나. 고맙다.”

“아, 아니에요. 당연히 해야 할 일이었는걸요. 그런데 토끼는 좀 괜찮아요?”

“그럼. 지금은 치료를 마치고 잠들었단다. 일어나면 다시 예전처럼 뛰어다닐 수 있을 거야.”

“다행이에요. 저는 파디야예요. 투명 나비를 만나기 위해 숲의 돌을 찾아다니고 있어요.”

“너의 빛나는 눈을 보고 대충 짐작은 했다. 꿈을 가진 사람의 눈빛은 다르거든.”

할머니는 인자하게 웃으며 파디야에게 빵을 내밀었습니다.

“배고플 테니 우선 이것부터 먹어라. 요즘 치료해야 할 환자가 너무 많아 혼자서는 감당할 수가 없단다. 저기 걸려 있는 병든 심장과 폐가 보이지? 모두 세상에서 이해받지 못하고 외로워서 아픈 사람들의 것이란다. 따뜻한 마음

으로 정성스럽게 고쳐서 다시 주인에게 돌려주는 거야. 너
도 따뜻한 마음을 가졌으니 충분히 할 수 있을 것 같은데
어때? 도와주겠니?"

"네! 어떻게 하는지 알려주시면 최선을 다해 볼게요."

할머니는 토끼가 모아 온 구슬 하나를 집어 들고 자신
의 심장에 가져다 대고 눈을 감고 포근히 안아주었습니다.
그러자 구슬이 점점 커져 심장으로 변했습니다. 할머니는
옆에서 이 광경을 지켜보느라 넋이 나가 있는 파디야에게
그것을 빨랫줄에 잘 매달아 달라고 말했습니다. 숲의 따뜻
한 햇볕을 받자 신기하게도 꽁꽁 얼어있던 심장이 녹으며
다시 건강하게 펄떡펄떡 뛰기 시작했습니다. 한참 동안 할
머니와 파디야는 함께 심장을 고쳤고 어느덧 날이 저물었
습니다.

"고맙다. 마음 따뜻한 파디야. 이제 떠날 시간이다. 여기
네가 찾던 마음의 돌이 있으니 가져가거라. 투명 나비를 만

나면 꼭 다시 와서 나를 좀 더 도와다오. 토끼를 따라가면
보리수나무로 데려다줄 거야."

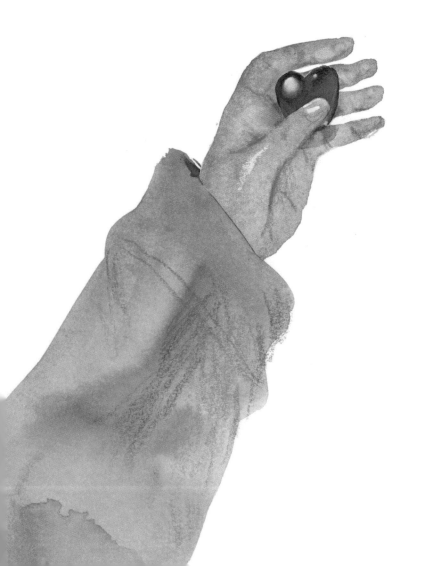

토끼가 데려다준 곳에는 아주 큰 보리수나무가 있었습니다.

"꼬마야. 난 아픈 사람들의 마음을 모아서 다시 할머니에게 가야 해."

토끼가 파디야의 머리를 쓰다듬자 머리카락이 별처럼 빛나기 시작했습니다.

"행운을 빌어."

미처 작별 인사도 다 하기 전에 토끼는 보따리를 메고 깡충깡충 뛰어서 저 멀리 사라졌습니다.

오래 걸어오느라 지친 파디야는 잠시 보리수나무 그늘에 앉아 쉬었습니다. 조용히 나무에 기대니 친구들이 그리워졌습니다. 그때 어디선가 땅이 울리는 굵은 목소리가 들려왔습니다.

"아주 오래전에도 너처럼 돌을 얻겠다고 나를 찾아온 사람이 있었지."

놀란 파디야가 두리번거리며 목소리 주인을 찾았습니다.

"놀라지 마라. 난 보리수나무다. 이 세상이 시작될 때부터 있었단다."

"안녕하세요. 전 파디야라고 해요. 투명 나비를 만나기 위해 숲의 돌을 찾아다니고 있어요."

"말하지 않아도 알고 있다. 아주 오래전 문제를 맞히고 투명 나비를 만난 사람이 있단다. 시간이 오래 걸리긴 했지만. 내가 내는 문제를 맞히면 너에게 '하나의 돌'을 주마."

"투명 나비를 만난 사람을 아세요?"

파디야는 누군가 자기처럼 투명 나비를 찾아다녔고 만난 사람이 있다는 말에 기쁜 마음을 주체할 수 없었습니다.

"힘들다고 해서 불가능한 건 아니란다. 아무도 없는 깜깜한 사막을 걷는 건 힘들고 막연한 일이지만 저 멀리 앞서 걸어가는 사람의 불빛을 보고 따라가면 어느새 사막에도 새로운 길이 생기게 되지. 너 역시 누군가 너처럼 투명 나비를 꿈꾸며 나를 찾아오는 이에게 하나의 등불이 되겠지."

보리수나무의 말을 들은 파디야의 심장이 쿵쾅거리기 시작했습니다. 파디야에게 새로운 길을 만드는 건 무척 멋지고 신나는 일이었거든요.

"이 숲에는 모두 몇 개의 생명이 살고 있을까?"

문제를 듣자 파디야는 크게 실망했습니다. 자신은 도저히 맞출 수 없는 문제라는 생각이 들자 갑자기 눈물이 핑 돌았습니다. 대답은 하지 않고 눈물만 뚝뚝 흘리고 있는 소녀를 보자 보리수나무는 약간 당황한 듯 말했습니다.

"울지 마라. 꼬마야."

"이번 문제는 너무 어려워요. 어떻게 하면 제가 이 문제를 맞힐 수 있을까요?"

"눈에 보이는 것이 전부라고 생각해선 안 된다. 저 작은 나무 옆에 있는 작은 풀의 뿌리를 조금만 파 보아라. 아주 작고 연약하니까 다치지 않게 정말 조심해야 한다."

어려운 문제에 상심한 파디야는 나무가 시키는 대로 조심스럽게 풀뿌리를 파보았습니다. 평소에 확 뽑아 버릴 때는 몰랐는데 풀 잔뿌리가 신기하게도 나무 잔뿌리와 연결된 것처럼 보였습니다. 신기해하는 파디야에게 보리수가 빙그레 웃으며 말했습니다.

"그래, 이제 문제의 답을 알겠니?"

파디야는 틀리면 안 된다는 생각에 한참을 머뭇거리다 조심스럽게 대답했습니다.

"여럿이면서 동시에 하나예요."

보리수나무는 파디야 대답이 만족스러운 듯 한바탕 큰 소리로 웃었습니다.

"하하하, 답을 잘 찾았구나! 이 숲에 사는 모든 생명, 아니 이 우주에 존재하는 모든 것은 눈에 보이지 않는 작은 뿌리로 서로 연결되어 있단다. 작은 지렁이와 같은 벌레에서부터 토끼, 여우, 호랑이, 새, 나무, 꽃, 곤충에 이르기까지 모든 생명은 하나의 뿌리를 갖고 있지. 그래서 하나의 생명이 위태로워지면 다른 생명에게도 영향을 미치기 때문에 살아있는 모든 것을 아끼고 사랑해야 한단다. 다른 생명의 아픔이 나의 아픔으로 연결되어 돌아오기도 한단다. 행복도 마찬가지고. 일종의 나비효과처럼 누군가의 감정은 반드시 파장을 만들게 되지."

파디야는 겨우겨우 답을 맞혀서 안도했지만, 보리수나

무 말이 알 듯 말 듯 다 이해하지는 못했습니다. 하지만 뿌리가 모두 연결된 세계라는 말은 아주 멋있고 감동적이라고 생각했습니다.

"가끔 외롭다고 느껴질 때면 뿌리를 더욱 땅속 깊이 내리고 허리도 꼿꼿이 세우고 두 팔을 크게 하늘로 높이 뻗는단다. 그럼, 아래로는 흙에 닿아 있는 나무, 들꽃, 잡초와 땅의 모든 생명과 연결되고 위로는 바람, 수증기, 온갖 짐승의 향기와 만나면서 서로 하나라는 기분이 들지. 그러면 나를 둘러싸고 있는 또 다른 나와 만나면서 외롭다거나 혼자라는 생각이 금세 사라지고 더는 외롭지 않단다."

"사람들도 나무처럼 뿌리가 있으면 얼마나 좋을까요? 저도 가끔 외롭다는 생각이 들거든요."

"파디야, 빛의 숲에서 가장 자주 들었던 말이 뭐지?"

"눈에 보이는 게 다라고 생각하지 말 것."

"그래, 눈을 감고 너의 발아래로 뿌리를 내려 보렴."

파디야는 도대체 뿌리를 내리라는 말이 무슨 뜻인지 몰라서 어리둥절했지만, 보리수나무가 시키는 대로 눈을 감았습니다. 그리고 자신의 발아래 무언가 자란다고 상상하기 시작했습니다. 그러자 발바닥이 간질간질한 느낌이 들었습니다. 갑자기 바늘에 찔린 것처럼 따끔하더니 뭔가 강력하게 잡아 끌어당기는 힘이 느껴졌습니다. 파디야 발아래로 뿌리가 생겨난 것이었습니다. 처음엔 떡잎을 틔운 완두콩 뿌리처럼 가늘었지만, 점점 굵어지더니 힘이 생겨 땅을 파고 들어가 바로 옆에 있는 보리수나무 잔뿌리에 닿았습니다. 그 순간 파다야는 보리수나무와 자신이 연결되어 하나라는 생각이 들었습니다.

나무의 슬픔, 기쁨, 두려움, 외로움, 희망과 같은 감정들이 작은 입자가 되어 파디야의 작은 뿌리를 통해 전달되었습니다. 그것은 보리수나무만의 것이 아니었습니다. 보리수나무와 뿌리로 서로 연결된 숲 생명 모두의 감정 입자가 뒤섞여 전달되었고 이제 파디야의 뿌리도 함께 이어졌습니다. 신기하게도 그 모든 것이 질서 없이 뒤섞여 있음에도 오히려 알 수 없는 조화와 평화로움이 느껴졌습니다.

'우리는 하나였구나. 세상 모든 존재는 모두 보이지 않는 뿌리로 연결되어 있구나.'

파디야 눈에서 이유를 알 수 없는 눈물이 흘렀습니다. 말로 설명할 수 없는 안도감과 사랑의 감정이 몰려왔습니다. 혼자가 아니라는 느낌은 태어나서 처음으로 느껴보는 완전한 감정이었습니다.

"우린 모두 다른지만 결국 똑같아."

보리수나무의 말이 끝나자 파디야 두 손에는 '하나의 돌' 이 빛나고 있었습니다.

다시 숲에 어둠이 찾아왔습니다. 밤이 되니 파디야는 집이 더욱 그리워졌습니다. 사랑하는 가족과 다정했던 친구와의 추억이 떠오르자 그리운 얼굴들이 생각나 마음이 한없이 아렸습니다. 문득 앞서 이 길을 갔던 '그 사람'도 자기처럼 떠나온 세상이 그리웠을까 궁금했습니다.

한참을 걸어가자 저번에 건넜던 망각의 강이 나왔습니다. 잔잔한 강의 수면에 달빛이 반사되어 깨진 거울 조각 수만 개를 흩뿌려 놓은 것 같았습니다.

"내일 가면 안 될까? 오늘은 몸도 마음도 너무 지쳐서 힘든데."

"안돼. 달이 다 차오르기 전에 신비의 의식을 하려면 서둘러야 해."

파디야는 쉬고 싶었지만, 새의 말을 따르기로 했습니다. 작은 배 한 척이 소녀를 기다리고 있었습니다.

"저걸 타고 가자."

"나는 노를 저을 줄 몰라."

"걱정하지 마. 배가 알아서 할 거야."

파디야가 배에 올라타자 새의 말처럼 노가 저절로 움직였습니다. 얼마나 갔을까 파디야는 그만 잠이 들어버렸습니다. 그도 잠시 갑자기 천둥번개가 치고 폭우가 쏟아지기 시작해 잠에서 깨고 말았습니다. 거센 물살이 금방이라도 작은 배를 집어삼킬 듯 출렁거렸습니다. 겁에 질린 파디야는 배에서 떨어지지 않으려고 이리저리 움직였습니다. 그 사이 숲의 돌이 들어 있는 주머니가 물속에 빠지고 말았습니다. 이 사실도 모른 채 파디야는 물에 빠지지 않기 위해 배 돛대를 꼭 껴안았습니다.

망각의 급류는 평범한 급류가 아니었습니다. 더 크고 요란한 물살을 만들면서 마침내 파디야 앞에 과거에 대한 후회의 거센 물살이 환영처럼 떠올랐습니다. 처음에는 작게 시작되더니 이내 거대한 산처럼 커져 금방이라도 작은 소녀를 삼켜 버릴 것만 같았습니다. 폭우 속에서 지난 일에 대한 후회와 자책의 물방울들이 숨쉬기 힘들게 했습니다. 그 안에는 어릴 적 친구도 있었고, 좋아하던 소년도 있었습니다. 부모님도 있었고, 선생님도 있었습니다.

파디야를 아프게 했던 수많은 일과

즐겁게 했던 소중한 순간들이 방울방울

뒤섞여 있었습니다. 파디야는 지금

이 상황이 무섭고 힘들어서 물살에

떠내려가면 어쩌나 걱정이 되자

문득 박쥐의 말이 떠올라

돛대를 꼭 껴안았습니다.

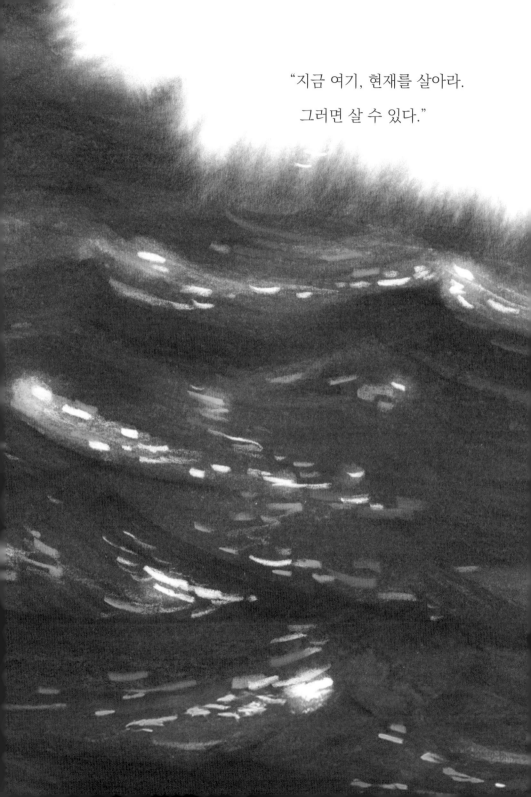

"지금 여기, 현재를 살아라.

그러면 살 수 있다."

밤새도록 내리던 폭우는 새벽이 되자 거짓말처럼 고요해졌습니다. 파디야는 정신을 잃은 채 강 맞은편으로 떠밀려 와 있었습니다.

정신을 차렸을 때는 새도 보이지 않고 옷 속에 넣어둔 숲의 돌이 담긴 주머니도 보이지 않았습니다. 지금까지 투명나비를 만나려고 했던 노력이 모두 망각의 강에 떠내려갔다고 생각하니 더는 아무것도 하고 싶지 않았습니다. 최선을 다했지만 아무것도 남은 게 없자 절망감에 빠진 파디야는 두려워졌습니다.

그때 어디서 나타났는지 파디야의 새가 조용히 속삭였습니다.

"돌멩이 열 개만 주워 봐. 현재 감사한 일 한 가지씩 생각하면서 돌멩이를 하나씩 버리는 거야."

뜬금없는 제안이었지만 지푸라기라도 잡는 심정으로 새가 시키는 대로 했습니다. 처음에는 감사한 일이 잘 떠오르지 않았지만 아주 작은 것부터 시작하니 조금씩 생각이 났습니다. 돌이 한 개 두 개 버려질 때마다 자기 마음을 꾹 누르던 묵직한 것이 돌과 함께 조금씩 떨어져 나가는 것 같았습니다.

"불안한 마음은 자기가 아무것도 할 수 없고 홀로 남겼다는 착각에서 시작되지만, 감사하는 마음은 내가 혼자가 아님을 일깨워주는 주문이야."

"알려줘서 고마워. 그런데 어쩌지? 돌을 잃어버렸어. 모두 내 잘못이야."

그때 저 멀리서 아름다운 노랫소리가 들려왔습니다. 귀를 기울이니 강에서 들리는 음악이었습니다.

기쁨의 비밀을 아는 지혜의 눈만이 당연한 것들의 숨겨진 가치를 볼 수 있다네

"파디야, 넌 절망의 위기도 이겨낼 용기를 가졌구나. 이제 감사의 주문까지 배웠으니 여섯 개의 돌에 '용기의 돌'까지 합쳐서 돌려주마. 여덟 개의 돌을 모두 찾으면 인디언 추장을 찾아가 신비의 의식을 치르도록 해라."

소녀의 목에는 돌 일곱 개가 담긴 주머니가 걸려 있었습니다.

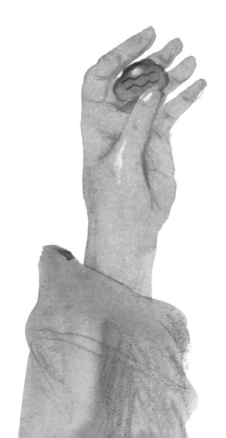

급류에 돌을 잃어버렸다 다시 찾은 그동안의 일을 생각하며 정신없이 걷다 앞을 보니 마음의 새가 보이지 않았습니다. 마음의 새 없이 혼자 마지막 돌을 어떻게 찾아야 하는지 눈앞이 막막했습니다.

그때 어디선가 익숙한 지저귐이 들려 기쁜 마음에 소리 나는 곳으로 달려갔습니다. 비슷한 또래로 보이는 인디언 소년이 마음의 새를 손바닥 위에 올려놓고 열매를 먹이며 쉬게 하고 있었습니다. 인디언 특유의 구릿빛 피부에 지혜를 담은 빛나는 눈빛을 가진 소년이었습니다. 구불거리는 검은 머리카락 위에는 왕관처럼 생긴 깃털 장식을 달고 인디언 전통 복장을 하고 있었습니다. 무엇보다 놀란 것은 소년이 마음의 새를 바라보는 다정한 태도와 눈빛이었습니다.

소년이 파다야 쪽으로 시선을 옮겼습니다. 파다야는 소년의 빛나는 눈빛과 귀여운 미소 앞에서 어떻게 해야 할지 몰라 당황스러웠습니다.

"이 새를 아는구나. 지쳐 보여서 잠시 쉬게 해 주고 싶었어."

"고마워. 난 그것도 모르고 잃어버린 줄 알았어."

"아, 그랬구나. 미안해."

소년은 귀여운 미소를 지어 보이며 손을 내밀어 악수를 청했습니다.

"안녕, 난 테쿰세라고 해. 저 아래 인디언 마을에 살아."

"난 파디야라고 해. 투명 나비를 만나기 위해 숲의 돌을 찾아다니고 있어. 이제 하나만 더 찾으면 돼. 하지만 숲의 돌을 모두 가졌다고 반드시 나비를 만날 수 있는 것은 아니래. 인디언 추장님과 함께 신비의 의식을 치러야 한대."

"그래? 그 문제라면 내가 도움이 될 수 있겠다. 우리 아버지가 추장님이야."

"우와, 정말? 추장님을 만나기 전에 마지막 돌을 찾아야 해."

"그런데 지금 너와 이 새는 굉장히 지쳐 보여. 괜찮으면 우리 집에 가서 함께 저녁 먹지 않을래? 아버지도 좋아하실 거야."

소년을 따라 도착한 인디언 마을은 사랑이 넘치는 기운으로 가득했습니다. 보기 좋게 늘어선 인디언 천막 사이를 작은 아이들이 맨발로 뛰어다니며 놀고 있었습니다. 머리에 깃털 장식을 한 아름다운 여인들은 빨랫감을 들고 파디야의 곁을 지나갔습니다.

마을 사람들은 파디야가 신기한 듯 호기심 가득한 눈으로 관찰하다 눈이 마주치면 테쿰세와 같은 화사한 미소로 환대했습니다. 파디야는 마음이 편안해지기 시작했습니다. 자신과 같은 이방인에게 이처럼 정직하고 따뜻한 미

소를 지어주는 사람들이 사는 곳이라면 평생 살아도 좋을
것 같았습니다. 그러면 테쿰세를 매일 볼 수 있는 점도 마
음에 들었습니다. 테쿰세는 파디야를 어느 천막 앞으로 데
려갔습니다.

"여기는 아버지께서 부족 어르신들과 마을 일을 상의하
는 곳이야. 일단 인사부터 드리자."

파디야는 쿵쾅거리는 마음을 진정시키며 테쿰세와 함께 천막 안으로 들어갔습니다. 소년은 추장에게 조용히 다가가 손에 가벼운 입맞춤을 하고 파디야에 대해 부족 언어로 설명했습니다. 추장은 소년과 비슷하지만 강인하고 카리스마 넘치는 얼굴이었습니다. 그는 아들과 꼭 닮은 빛나는 눈과 사람을 무장해제 시키는 미소를 지으며 파디야에게 말했습니다.

"그래, 숲의 돌을 찾고 있다고?"

"네. 그리고 투명 나비를 만나려면 추장님의 도움이 필요하다고 들었습니다."

추장은 가만히 눈을 감고 깊은 생각에 잠겼습니다.

"소녀야. 내가 보기에 너는 투명 나비를 만나기엔 아직 어리단다. 투명 나비를 만나려면 많은 희생이 따르는데 거기에 대해 생각해 본 적이 있니?"

뜻밖의 질문에 파디야는 어떻게 답해야 할지 몰라 당혹스러웠습니다.

"지금 당장 대답하지 않아도 된단다. 당분간 우리 마을에 머물며 평범한 아이로 지내보렴. 넌 이미 삶의 빛나는 비밀을 알고 있으니 시간이 너의 진심을 알려줄 거다. 테쿰세가 마을에 잘 적응할 수 있도록 도와주렴."

추장의 천막에서 나온 파디야는 테쿰세를 따라 다른 천막으로 갔습니다.

"여기가 앞으로 네가
다른 소녀들과 함께
지내게 될 곳이야."

마을 생활에 적응한 파디야가 하루 중 가장 좋아하는 시간은 테쿰세와 함께 숲으로 열매를 따러 갈 때였습니다. 둘이 함께 걷는 길은 마음이 콩닥거리고 얼굴이 발그레해졌습니다.

"넌 꿈이 뭐야?"

"내 꿈은 용감하고 지혜로운 추장이 되는 거야. 인디언에게 제일 필요한 건 용감함인데 용감한 사람이 되려면 두려움이나 분노 또 욕심 같은 감정에 휘둘리지 않고 삶에 주인이 되어야 해. 내 삶의 주인이 돼서 아빠처럼 좋은 추장이 되고 싶어."

"그렇구나. 삶의 주인이 되어야 한다는 말 너무 멋지다."

"우리 마을이 지금은 평화롭지만 사실 아버지가 추장이 되기 전엔 부족 간 전쟁이 끊이지 않았데. 특히 농사를 짓거나 가축을 기르기 좋은 비옥한 땅이라 다른 부족들이 호시탐탐 노리는 곳이야. 항상 경계하지 않으면 언제 공격당할지 몰라. 평화를 가치 있게 생각하고 먼저 다른 부

족을 공격하지 않는 우리는 언제나 표적이 되고 있어. 그래
서 아버지는 항상 강조해서 말씀하셨어. 평화를 사랑하는
것이 나약함을 의미해서는 안 된다고. 아버지가 추장이 되
신 후 전사 육성에 매진하셔서 지금은 최고의 용맹함을 자
랑하는 전사들이 마을을 지키고 있지. 아버지처럼 최고의
전사이자 추장이 되어 착한 사람들을 보호해 주고 싶어."

"그런 멋진 생각을 하다니! 지금도 멋있는데 나중에 용감한 인디언 전사가 된 너의 모습도 기대된다."

테쿰세와 파디야가 사냥을 마치고 돌아오자 임시 부족 회의가 한창이었습니다.

"오늘 이곳에 모이라고 한 이유는 곰 부족이 또다시 우리 마을을 쳐들어오려고 하는 조짐이 보이기 때문입니다."

이때 한 젊은 전사가 흥분한 어조로 말했습니다.

"지금 당장 우리가 먼저 공격해서 두 번 다시 얼씬도 못하게 혼내주어야 합니다. 이번이 벌써 두 번째 도발이지 않습니까? 눈에는 눈 이에는 이로 맞서야 합니다. 괜히 기다리다가 우리가 당합니다."

젊은 전사의 말이 끝나자마자 혈기 왕성한 젊은 인디언들이 동요했습니다. 이 모습을 멀리서 지켜보던 부족에서 가장 나이 많고 존경받는 노인이 이들의 분노를 타이르듯 말했습니다.

"진정들 하게나. 가만히 있는 우리 부족을 자꾸 도발하는 그들에 대한 자네들의 분한 마음 모르는 바 아니네. 하지만 폭력은 반드시 또 다른 폭력을 불러온다네."

"그럼, 지난번처럼 쳐들어올 때까지 기다리자는 말씀인가요?"

"아니지. 우리도 철저히 대비하면서 이번엔 사절단을 보내서 저들의 말을 들어볼 필요가 있다고 생각하네. 대화를 시도하자는 거지."

지혜로운 노인의 말에 조금 전까지 금방이라도 쳐들어갈 것 같았던 화난 전사들도 잠시 화를 누르고 고민에 빠졌습니다. 곧 추장 중재로 진행된 나뭇가지 투표에서 사절단을 보내 곰 부족과 대화를 시도하자는 의견이 결정되었습니다.

"누가 사절단으로 갑니까?"

"아버지, 제가 가겠습
니다. 저는 어리니까 저
들도 함부로 대하지 못
할 것입니다."

"어린 네가 가기에 그곳은 너무 위험하다."

"아버지, 부탁드립니다. 부족의 평화를 위해 저도 뭔가
를 하고 싶습니다. 어린 제가 가면 저들도 경계심 풀고 저
를 대할 거예요."

"저도 테쿰세와 함께 가겠습니다."

처음 보내는 사절단을 어린이들로 보낸다는 것이 걱정
스러웠지만 추장은 고민 끝에 허락하였습니다. 파디야와
테쿰세는 추장의 편지와 여러 가지 선물을 들고 숲 북쪽
끝에 있는 곰 부족 마을로 향했습니다. 이들을 비밀리에
뒤따르는 다른 무리도 있었습니다. 곰 부족의 도발에 대
한 분노를 잠재우지 못한 다섯 명의 혈기 왕성한 젊은 전
사들이었습니다.

한편 북쪽 경계 초소에서 누군가가 접근해 오는 것을 본 곰 부족 정찰대는 파디야와 테쿰세를 붙잡아 자초지종을 물은 뒤 황급히 추장에게 보고했습니다.

"우리가 기습 침략을 계획했던 매 부족 출신 어린 소년과 소녀가 추장님을 만나 뵙고 싶어 합니다. 매 부족장이 보낸 편지와 선물도 들고 왔습니다."

"혹시 뒤따르는 매 전사들은 없던가?"

"없었습니다. 어린아이 둘 뿐이었습니다."

"어린아이 둘이라? 무슨 얘기를 하는지 들어보겠다. 이리로 데리고 오너라."

곰 가죽으로 화려하게 장식된 옷을 입고 근엄한 얼굴의 곰 부족장은 자기 앞에 공손하지만 당당한 눈빛과 자세로 서 있는 두 아이를 경계하듯 쳐다봤습니다.

"안녕하십니까? 저는 추장의 아들 테쿰세이고 이 아이는 바깥세상에서 숲의 돌을 찾으러 온 파디야라고 합니다.

아버지 편지를 전해 드리러 왔습니다."

　추장은 테쿰세가 내민 편지를 단숨에 읽어 내려갔습니다. 편지 내용은 그들의 전쟁 도발 계획을 알고 있다는 것과 공격을 해온다면 매 부족 최고 전사들이 맞서 싸워 승리할 준비가 되어있지만 그렇게 했을 때 양 부족 모두가 겪게 될 고통과 손실에 대해 적혀 있었습니다.

부유한 매 부족 재산을 모두 빼앗는 것이 현재 힘든 상황을 해결할 유일한 방법이라고 믿고 있었던 곰 부족장이 고민하는 사이 한 전사가 헐레벌떡 뛰어 들어와 추장에게 뭔가를 속삭였습니다.

"우리를 속이다니! 이 아이들을 당장 가둬라."

이 말이 떨어지기가 무섭게 천막 안으로 매 전사 한 명이 뛰어 들어와 추장 배를 칼로 찔렀습니다. 그와 거의 동시에 곰 부족 전사가 들어와 칼을 든 매 전사 목을 베어 버렸습니다. 추장은 피를 토하며 쓰러졌고 곰 전사는 황급히 부족 치료사를 데려와 치료했지만 추장의 상태는 좋아질 생각을 하지 않았습니다.

"아버지께서 우리가 위험에 빠지는 이런 계획을 세우셨을 리 없어. 분명 젊은 전사의 독단적인 행동일 거야. 지금 상황이라면 전쟁이 시작될 건 불을 보듯 뻔해."

"테쿰세. 어쩌면 좋지?"

"뭔가 빨리 방법을 찾아야 해. 전쟁은 눈이 없어서 아군과 적군을 가리지 않고 모두 먹어 치우는 굶주린 짐승과 같

아. 더 많은 피를 먹기 위해 자기를 방어할 수 없는 아이와 노인, 여자를 가장 먼저 공격할 거야. 그런데 어떻게 막아야 할지 모르겠어."

파디야는 전쟁으로 인해 고통받을 착한 인디언 부족민을 생각하니 마음이 조급해졌습니다. 게다가 테쿰세가 괴로워하는 모습을 보니 전쟁을 막기 위해 할 수 있는 일을 찾아야 했습니다. 그 순간 어쩌면 수선화에서 받은 노랑 꽃잎이 도움이 될지 모른다는 생각이 들었습니다.

"우리 부족의 용한 주술사와 치료사도 고치지 못한 병이다. 네가 나를 치료할 수 있단 말인가?"

"네. 추장님. 그 전에 한 가지 약속해 주실 것이 있습니다."

"뭔가?"

"제가 추장님을 낫게 해드리면 절대 전쟁을 하지 않겠다고 약속해 주십시오. 만약 낫지 않으신다면 제 목숨을 걸겠습니다."

"꼬마야, 이 전쟁은 내가 먼저 시작한 것이 아니다. 매 부족 놈들이 나를 이렇게 만든 걸 보고도 그런 말을 하느냐?"

이때 파디야를 막아서며 테쿰세가 나서서 설명했습니다.

"오해십니다. 절대 매 부족장과 지도자들 결정이 아닙니다. 아마 투표 결과에 승복하지 못한 몇몇 젊은 전사들의 분노가 이런 재앙을 불러온 것 같습니다. 전쟁은 모두 죽는 파멸의 길이라고 아버지께서 항상 말씀하셨습니다."

추장은 아이들의 말을 듣고 한참을 생각하더니 마침내 입을 열었습니다.

"마지막 기회를 주겠다. 만약 이번에도 거짓이면 둘 다 살아남지 못할 것이다. 네가 나의 병을 낫게 한다면 내 친히 매 부족을 찾아가 대화하겠다."

테쿰세의 걱정스러운 얼굴을 뒤로하고 결박이 풀린 파디야는 조심스럽게 추장에게 다가갔습니다. 추장에게 점점 가까이 갈수록 어떻게 해야 하는지 몰라 눈앞이 깜깜해졌습니다. 추장 가슴에 난 상처를 보는 순간 자기도 모를 어떤 힘에 이끌려 그동안 소중히 간직해 두었던 수선화 꽃잎을 그곳에 가져다 대었습니다. 눈을 감고 숲의 의사 할머니가 가르쳐준 기도문을 외웠습니다. 바로 그 순간 노랑 꽃잎에서 신비한 빛이 뿜어져 나오더니 상처 고름을 모두 흡수해 버렸습니다. 썩어서 악취를 풍기던 살점들이 아기 피부처럼 되살아났습니다.

'추장님, 이 상처의 흔적을 보고 오늘의 약속을 기억하셔야 할 것입니다. 노랑 꽃잎은 믿음에 의해서만 효능을 발휘하기 때문에 믿음을 저버리시면 다시 죽음이 찾아올 것입니다.'

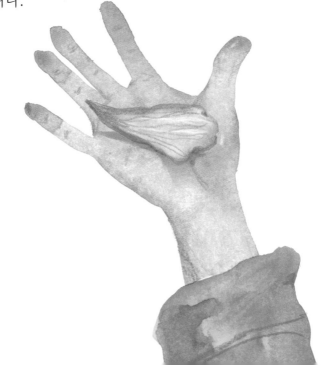

건강을 되찾은 추장은 즉시 전사 두 명을 뽑아 테쿰세와 파디야를 안전하게 매 부족으로 돌려보냈습니다. 무사히 돌아온 아이들을 반기며 그동안의 이야기를 들은 매 부족장은 어리석은 젊은이들을 부족에서 제명하고 추방하였습니다.

파디야에게는 깊이 감사하는 마음을 전했습니다. 얼마 후 두 부족 간 대화의 자리도 마련되어 화해의 분위기가 조성되었습니다.

많은 일을 겪고 나니 파디야는 그동안 잊고 있었던 소중한 친구들이 떠올랐습니다. 일개미 쉼표, 수선화, 왼쪽 마을 소년 그리고 자기를 그리워하며 기다리고 있을 바깥세상 사람들을 생각하니 더는 여기 지체해서는 안 되겠다고 생각했습니다. 파디야는 다시 길을 나서기로 했습니다.

"테쿰세, 이제 떠날 때가 된 것 같아. 그동안 정말 고마웠어."

소년은 소녀가 떠난다고 생각하니 슬퍼졌습니다. 말하

지 않아도 자신의 영혼 깊은 곳까지 이해해 주는 파디아를 많이 의지하고 좋아하고 있었다는 걸 알게 되었습니다. 언젠가 마지막 숲의 돌을 찾아 떠날 거라고 알고 있었지만 진짜 이별한다고 생각하니 마음이 아팠습니다.

"파디야, 그동안 좋은 친구가 되어 줘서 정말 고마워. 돌아가신 엄마가 그랬어. 나중에 영혼의 거울을 만나면 꼭 함께하라고. 그래야 행복하다고."

"영혼의 거울?"

"응. 살면서 우리가 우연히 마주칠 확률은 월든 호숫가 자갈돌 숫자만큼 희박해. 거울은 있는 그대로의 내 모습을 비춰주잖아. 그런데 영혼의 거울은 보이지 않던 내면의 빛을 볼 수 있게 해 주는 거야. 난 너를 처음 본 순간부터 내 영혼의 거울이라는 생각이 들었어. 너의 꿈을 응원하니까 붙잡진 않을게. 너는 항상 내 안에 있을 거야. 숨 쉴 때마다 너를 기억하고 행복을 빌게."

다시 길 위에는 파디야와 반짝이는 작은 새 한 마리만 남았습니다. 파디야는 작별 인사를 하는 내내 눈물을 보

인 정든 인디언 마을 사람들이 떠올라 한 걸음 걸을 때마다 아릿함이 밀려왔습니다. 여기에 더해 테쿰세에 대한 그리움도 커졌습니다. 감정을 추스르고 마지막 돌을 향해 나아갔습니다.

새를 따라 한참을 걸어가니 저무는 두 해가 아주 가깝게 보이는 작은 언덕에 도착했습니다. 지평선 너머로 지던 해가 이날은 바로 눈앞에서 떨어지고 있었습니다. 보라색 라벤더가 흐드러지게 핀 언덕에 앉아 아름다운 두 개의 해가

저무는 광경을 말없이 지켜보았습니다. 곧이어 사방이 어
둑해지고 별이 하나둘 빛나기 시작했습니다. 파디야는 언
덕에 누워 별을 헤아리기 시작했습니다.

"등불 하나,
등불 둘,
등불 셋…."

푸른 밤하늘 아름다운 별 무리 짧은 밤

나 홀로 밝히기엔 사랑과 꿈이 너무 많구나.

감추어진 아픈 마음을 볼 줄 아는 영혼이여

나를 좀 도와주오.

파디야 눈앞에 갑자기 여인이 나타났습니다. 빛처럼 눈부신 별들로 장식된 새까만 드레스를 입고 별처럼 빛나는 눈과 흑단처럼 검은 머리를 한 여인이었습니다. 파디야는 여인의 아름다움에 시선을 빼앗긴 채 아무 말도 하지 못하고 그 자리에 얼어붙었습니다.

"나는 별들의 수호신, 달의 여신이란다. 너를 보니 편견 없는 순수한 영혼을 가졌구나. 나를 도와 하늘에 등불을 밝혀주겠니? 밤은 너무 짧고 혼자 하기에 오늘은 일이 너무 많구나. 게으름을 피울 시간이 없어. 별 하나하나가 누군가의 꿈과 사랑이란다."

"저는 그저 작은 아이에 불과해요."

"걱정하지 말아라. 따뜻한 마음이면 충분하단다. 자, 내 손을 잡으렴."

파디야가 달의 여신 손을 잡자 투명한 바람의 양탄자
가 나타나 눈 깜짝할 사이에 별 무리 사이에 데려다주었
습니다.

"내가 하는 걸 잘 보렴. 별 하나하나에 응원의 마음을
담아 입맞춤하면 된단다. 그럼 잠자는 별의 영혼이 깨어나

어둠을 밝힐 거야. 할 수 있겠지?"

파디야와 달의 여신은 밤이 새도록 별의 영혼을 깨워 밤
하늘을 밝혔습니다. 마지막 남은 별을 깨우자 하늘은 여신
의 드레스처럼 반짝반짝 빛났습니다.

"고맙다, 소녀야. 네 덕분에 용기가 없어 수줍게 잠들어

있던 별을 더 많이 깨울 수 있었단다. 어떤 보답을 하면 좋을까? 원하는 것을 말해 보렴."

"제가 누군가에게 도움이 되었다니 기뻐요. 저는 사실 투명 나비를 만나기 위해 숲의 마지막 돌을 찾던 중이었어요."

"그랬구나. 오늘 수많은 영혼의 마음에 입 맞추면서 무엇을 느꼈는지 물어봐도 되겠니?"

"모두 다른 모양의 별이지만 저마다의 꿈을 꾸고 사랑받고 싶어 하는 것을 느꼈어요."

"맞아. 절대 겉모습에 속아 편견을 갖거나 판단해서는 안 돼. 있는 그대로 받아주고 인정할 때 각각의 영혼은 스스로 빛을 찾아 빛나게 된단다. 서로의 다름을 이해하고 존중할 때 너도 진정으로 존중받을 수 있단다. 이것이 숲에서의 마지막 수업이었다. 여기 꿈의 돌을 받으렴. 지쳤을 테니 포근한 구름 이불을 덮고 편안히 잠들 거라. 너의 별을 밝혀주마."

눈을 떠보니 파디야는 인디언 마을 근처 숲에 와 있었습니다. 옆에서 매 부족장이 조용히 기도를 올리고 있었습니다.

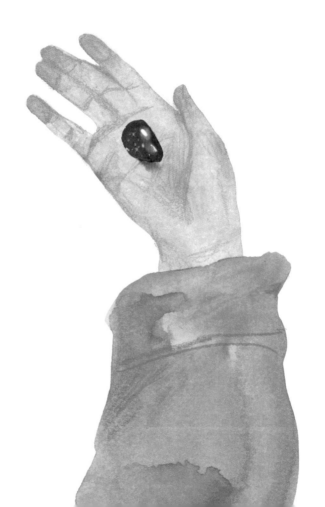

"잘 잤니? 어젯밤 바람의 양탄자가 너를 이곳에 데리고 왔단다."

갑자기 파디야 앞에 커다란 신전 기둥들이 솟아오르기 시작했습니다. 신기하게도 기둥들은 모두 땅에서 나오는 빛에 의해 공중에 떠 있었습니다. 토대도 지붕도 없지만 여덟 개 기둥만으로도 완전한 형태를 갖춘 빛의 신전이었습니다.

잣나무, 상수리나무, 소나무, 밤나무, 편백, 자작나무, 뽕나무, 단풍나무 월든 숲에서 자라는 여덟 가지 나무가 빛 형태로 서로를 지탱하고 있었습니다. 어리둥절해 있는 소녀에게 인디언 추장이 위엄 있는 표정으로 말했습니다.

"이제 신비의 의식이 시작될 거다. 여기가 네 자리야. 돌들을 양손에 들고 집중하렴. 간절함이 하늘 문을 열고 들어가 신께 닿을 때까지."

"제가 하늘의 문을 열 수 있을까요?

"중요한 건 간절함이야. 간절한 마음이 하늘에 닿아야 하늘 문을 열 수 있단다."

파디야는 추장이 시키는 대로 지금, 이 순간 여기에 집중하려고 노력했습니다. 마음이 조금씩 공기 중으로 흩어지는 느낌이 들었지만 망각의 강에서 배운 대로 최선을 다해 자신의 숨소리에 귀를 기울였습니다.

파디야의 작은 몸이 나무 높이로 붕 뜨는가 싶더니 어떤 세계로 빨려 들어가는 기분이 들었습니다. 파디야는 과거와 현재 그리고 미래 일들이 파노라마처럼 죽 늘어선 그 가운데를 매처럼 통과했습니다. 빛처럼 빠른 속도였지만 동체 시력이 생긴 것처럼 모든 순간이 아주 느릿하고 선명하게 지나갔습니다.

"세상에! 아주 작은 일 하나까지도 이유 없이 일어난 일은 없었어."

숲에서 길을 잃고, 쉼표를 만나고, 운명의 책을 보게 되고, 월든 숲을 돌아다니며 신비의 돌 여덟 개를 힘겹게 얻고, 모두 소중한 여정이었습니다.

노래하는 수선화, 쌍둥이 길, 그림자 부대, 왼쪽 마을 소년, 안경 쓴 박쥐, 세계여행을 한 거북 영감, 키 작은 할머니 나무, 생명의 보리수나무, 꽃의 요정, 의사 할머니, 핑크 토끼, 달의 여신을 만난 일 모두 이유가 있었습니다. 곰 부족장을 고쳐 주고, 매 부족장과 함께 의식을 치르고, 자신을 진심으로 이해하고 좋아해 주는 영혼의 거울 테쿰세를 만나고, 숲 세계에 들어와 겪은 많은 일이 자신의 꿈을 이루기 위한 거대한 그림의 작은 퍼즐 조각이었다는 것을 깨달았습니다.

파디야의 눈에서 주체할 수 없는 눈물이 흘러내렸습니다. 그리고 세상의 모든 것에 감사한 마음이 들었습니다.

소녀가 황홀경에 빠져 있는 사이 숲의 돌은 각자 여덟 개 기둥을 향해 빨려갔습니다. 기둥은 금빛 가지를 뻗쳐 돌을 맞이했습니다. 숲의 돌이 모두 제자리에 무사히 도착하자 꿈꾸는 듯 잠든 파디야는 조금 더 하늘 높이 떠올라 황금빛 실로 싸인 번데기로 변했습니다. 이 광경을 경탄의 눈으로 지켜보던 추장은 무릎을 꿇고 하늘을 향해 중

얼거리며 기도했습니다.

　마을에서 마음 졸이던 테쿰세도 동쪽 하늘에서 비추는 섬광을 보았습니다. 드디어 친구의 꿈이 이루어졌다고 생각하니 한없이 기뻤습니다. 하지만 이제 다시 친구를 보지 못한다고 생각하니 마음 한편이 아려왔습니다. 파디야가 한 말을 떠올리며 자신을 위로했습니다.

"꿈을 이룬 이들은 언젠가 다시 만나게 되어있어. 내 꿈이 투명 나비를 만나는 거라서 지금은 헤어져야 하지만 언젠가 네가 꿈꾸는 숲의 전사가 되면 우리는 반드시 만날 거야."

파디야가 인생의 신비를 조금씩 깨닫는 동안 나무 신전 가운데 붕 떠 있는 파디야의 얼굴은 아이에서 어른으로 변해갔습니다. 그리고 결국 거대한 황금 누에고치로 변했습니다. 투명 나비가 되기 위한 또 다른 기다림이 시작되었습니다.

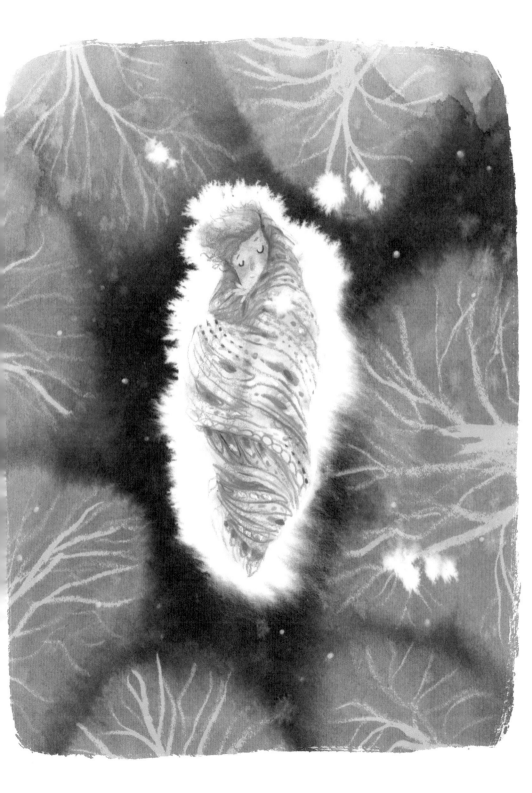

안녕하세요. 이 책을 읽고 있는 어린이 친구들,

어린 시절 제 별명은 깡마르고 키가 커서 빼빼로였답니다. 수줍음도 많이 타서 작고 귀여운 얼굴에 활발한 성격을 가진 친구들이 부럽기도 했지요.

누구나 한 번쯤은 이 책의 주인공 파디야처럼 파란색 후드를 푹 뒤집어 쓰고 스스로를 감추고 싶은 순간이 있습니다. 저도 그랬거든요.

잊지 말아야 할 것은 테쿰세의 말처럼 '진정한 용기는 자기 삶의 주인공'이 되는 것입니다. 마음의 새소리를 따라 용감하게 숲을 여행하며 여덟 개의 매직돌을 모으다 보면 다른 사람들에게 행복을 가져다주는 '아름다운 나'를 발견하게 됩니다.

"삶이란 서서히 태어나는 것이다."

어린왕자를 쓴 생텍쥐페리가 한 말입니다. 제가 가장 좋아하는 말인데요. 이 책 속의 키 작은 할머니가 파디야에게 가르쳐 준 것처럼 다른 친구들과 비교하지 말고 여러분의 속도대로 매일 조금씩 자라다 보면 언젠가 꼭 여러분만의 '투명 나비'를 만나 반짝반짝 빛나는 별이 될 수 있을 거라 믿습니다.

서정아

글 · 서정아(사막 나비)

여행과 책 읽기를 좋아하는 의사입니다.

생텍쥐페리의 "삶은 서서히 태어나는 것이다."라는 말을 가장 좋아합니다. 늘 조금씩 자라나서 언젠가는 맛있는 열매가 열리는 인자한 할머니 나무가 되는 것이 소원입니다.

그림 · 니카 차이콥스카야

상트페테르부르크 예술 아카데미에서 미술 전공을 한 후 2000년에 한국으로 왔습니다. 다락원, 교학사, EBS 등 여러 출판사에서 일러스트레이터로 활동하고 2019년 출판사 Tchaikovsky Family Books를 시작하여 책을 만들고 있습니다.

투명 나비와 마법의 돌

초판 1쇄 발행   2024년 12월 25일

글   서정아
그림   니카 차이콥스카야

펴낸곳 공출판사 | 펴낸이 공가희 | 편집 공가희
출판등록 2018년 8월 31일(제2018-000019호) | 주소 충남 당진시 면천면 동문1길 8-1
전화 070-8064-0689 | 팩스 0303-3444-7008 | 전자우편 thekongs@naver.com | 인스타그램 @kong_books
ISBN 979-11-91169-21-8   73810

어린이 제품 안전특별법에 의한 제품 표시사항
제조자명 공출판사 | 제조국명 대한민국 | 제조년월 2024년 12월 | 사용 연령 7세 이상